LA CHEMINÉE
DE MADAME
DE LA
POUPELINIÈRE
PAR
E. CAMPARDON
PARIS
CHARAVAY FRS

LA CHEMINÉE

DE MADAME

DE LA POUPELINIÈRE

IL A ÉTÉ TIRÉ DE CE LIVRE
DEUX CENT TRENTE-TROIS EXEMPLAIRES
NUMÉROTÉS, DONT :

Un sur peau vélin (nº 1). — Cinq sur papier du Japon (nºs 2 à 6). — Douze sur papier de Chine (nºs 7 à 18). — Quinze sur papier de Hollande teinté (nºs 19 à 33). — Deux cents sur papier de Hollande blanc, dont cent cinquante mis dans le commerce (nºs 34 à 233).

numéro

LA CHEMINÉE
DE MADAME
DE LA
POUPELINIÈRE
PAR
E. CAMPARDON
PARIS
CHARAVAY FRS

A. Giraux inv et Sculp

AVERTISSEMENT

AVERTISSEMENT

Les documents inédits, transcrits plus loin, sont tirés des archives des commissaires, au Châtelet de Paris. On y trouvera l'histoire des mésaventures conjugales du fermier général La Poupelinière et de curieux détails sur la fameuse cheminée à plaque tournante, qu'admira tant Vaucanson et que le duc de Richelieu fit fabriquer pour s'introduire, sans être vu, dans l'appartement de Mme de La Poupelinière.

Grâce à ces documents et en m'aidant du procès-verbal des scellés apposés après décès chez M. de la Poupelinière, j'ai pu donner des renseignements nouveaux sur sa vie, son luxe et sa fortune.

J'ose espérer que le résultat de mes recherches ne paraîtra pas indigne d'intérêt.

E. C.

Paris, le 10 mai 1879.

PREMIÈRE PARTIE

LA CHEMINÉE

Alexandre-Jean-Joseph Le Riche de La Poupelinière (1), né à Paris en 1692, était le fils d'un receveur général des finances qui lui fit

(1) Telle est la vraie orthographe du nom, mais on prononçait La Popelinière.

donner une excellente éducation dont il profita d'ailleurs très bien. Dès sa jeunesse il montra du goût pour les arts, pour la littérature et surtout pour la musique. Il chantait avec grâce et méthode, en s'accompagnant sur la vielle ou la guitare, des romances qu'il avait composées lui-même et dont quelques-unes ne sont pas encore oubliées.

Pourvu en 1718 d'une charge de fermier général (1), il eut dès lors un salon très fréquenté, tint table ouverte, et, quoiqu'il ne fût pas l'un des membres les plus riches de sa compagnie, mena un tel train de dépense que son faste devint célèbre.

(1) *Vie privée de Louis XV*, tome I.

Très amateur de plaisir, il eut dans sa jeunesse quelques aventures galantes qui fixèrent l'attention sur lui et fut auprès d'une cantatrice, alors célèbre à l'Académie royale de musique, Mlle Antier, le rival heureux d'un prince de Carignan.

Il fréquentait aussi les coulisses des théâtres, et ce fut là qu'il fit la connaissance d'une actrice de la Comédie-Française appelée familièrement Mimi d'Ancourt, et qui s'appelait en réalité Marie-Anne Carton d'Ancourt (1). Elle était la fille de l'acteur-auteur Florent Carton

(1) Elle avait été reçue à la Comédie-Française en 1699 et se retira en 1728 avec une pension de 1.000 livres. Elle avait eu une sœur, comédienne comme elle, qui épousa un sieur Fontaine, commissaire et contrôleur de la marine.

d'Ancourt et de son mariage avec Samuel Boulinon des Hayes, elle avait une fille, Thérèse, que La Poupelinière aima et dont il devint bientôt le protecteur avoué.

Mlle Thérèse des Hayes ou plutôt Mlle d'Ancourt, car elle n'était guère connue que sous le nom de famille de sa mère, était née vers 1713. Sa figure était jolie et son intelligence peu commune. La Poupelinière, qui la connut à un âge où l'esprit et les talents sont susceptibles de tous les perfectionnements, prit plaisir à développer les dispositions dont elle témoignait et réussit pleinement dans cette tâche d'ailleurs fort agréable.

Grâce à ses soins, elle devint une femme accomplie; il l'aimait tendrement « jusqu'à la folie » même, dit un biographe anonyme (1) et la comblait de présents, de bijoux, de diamants. Le mobilier de son appartement était somptueux, ses carrosses et ses chevaux étaient magnifiques ; bref, cet amant passionné mit tout en œuvre pour s'attacher définitivement cette charmante créature.

Malheureusement pour lui, Mlle d'Ancourt fut loin de répondre à tant d'amour. Sa conduite était irréprochable et elle évitait avec le plus grand soin de donner au fermier général aucun motif de jalousie; mais, sous des apparences de vivacité prime-sautière, elle cachait

(1) Archives nationales, M, M. 818.

un cœur et un esprit froids; tout était calcul chez elle et elle poussait la vanité jusqu'à un point presque incroyable. De plus, quelqu'un qui la vit de près, ayant longtemps fréquenté sa maison, disait d'elle à Jean-Jacques Rousseau : « Elle est méchante et adroite (1). »

La situation qu'elle occupait, elle, fille d'actrice, tout en ayant été acceptée volontairement par elle et peut-être secrètement désirée, lui semblait indigne d'elle et de son mérite. Son rêve était de devenir la femme de La Poupelinière. Plusieurs insinuations à ce sujet étant demeurées infructueuses, elle résolut de conquérir à force d'habi-

(1) *Confessions de J.-J. Rousseau*, seconde partie, livre VII.

leté la position qu'elle ambitionnait.

Elle trouva moyen, on ne sait comment, de parvenir jusqu'à la fameuse Mme de Tencin, et après avoir sollicité toute son indulgence pour ce que sa conduite actuelle pouvait avoir de répréhensible, elle se représenta comme une victime des séductions de La Poupelinière. Il lui avait promis de l'épouser ; mais elle craignait d'avoir été trompée, car toutes les fois qu'elle lui rappelait ses engagements il s'empressait de détourner la conversation.

Touchée de ces plaintes, conquise par la tenue décente et les manières gracieuses de Mlle d'Ancourt, poussée surtout par cette manie furieuse qu'ont presque toutes les femmes de faire des mariages, Mme de Tencin lui répondit : « Il vous épousera, j'en fais mon affaire ; cachez-lui que vous m'ayez vue et dissimulez. »

Le moyen dont se servit cette femme habile pour arriver au résultat souhaité fut aussi simple qu'efficace. Par son frère le cardinal de Tencin, elle fit circonvenir le cardinal de Fleury, alors premier ministre, et peu après, à l'époque du renouvellement des baux de la ferme générale, quand La Poupelinière, désireux de voir son nom maintenu sur les listes, se présenta à l'audience du cardinal, ce dernier lui demanda brusquement qui était Mlle d'Ancourt. Le solliciteur étonné, mais ne prévoyant nullement ce qui allait se passer, répondit que Mlle d'Ancourt était une jeune personne dont il avait pris soin et fit un éloge sincère de sa conduite et de ses talents. « Je suis bien aise, reprit alors le cardinal, de tout le bien que vous m'en dites. Tout le monde en parle de même et l'intention du roi est de donner votre place à celui qui l'épousera (1). »

La Poupelinière dut donc s'exécuter. Il le fit d'ailleurs de bonne grâce puisqu'il aimait Mlle d'Ancourt, et il l'épousa en 1737 après lui avoir fait une donation par contrat de mariage (2).

Pendant quelques années le fermier général n'eut pas à regretter sa résolution. Son salon, à Paris ou

(1) *Mémoires de Marmontel*, livre IV.
(2) Archives nationales, Y. 365.

à sa campagne de Passy, devint réellement un des lieux de réunion les plus recherchés de la bonne société. On y rencontrait Rameau, La Tour, Vaucanson, Carle Vanloo et sa femme à la voix de rossignol, Jean-Jacques Rousseau et ce Ballot de Sovot (1) que Voltaire appelait par ironie Ballot *l'Imagination*, sans doute parce qu'il avait la spécialité de retoucher tous les opé-

(1) Ballot de Sovot mourut en 1761. Il est l'auteur anonyme d'un *Éloge de Lancret, peintre du Roi*, devenu fort rare. Cet opuscule a été réimprimé il y a quelques années par M. J.-J. Guiffrey qui y a joint diverses notes, plusieurs documents inédits sur Lancret et le catalogue de ses tableaux et estampes. Ce volume, composé avec autant de goût que d'érudition, a été tiré à un très petit nombre d'exemplaires. Il débute par une biographie très bien faite du célèbre peintre et par des renseignements curieux sur Ballot de Sovot.

ras vieillis, lors de leur reprise à l'Académie royale de musique; « petit avocat d'un esprit fin et pénétrant, dit Marmontel, mais personnage assez grotesque par la singularité d'un langage trivial et hyperbolique et d'un caractère mêlé de bassesse et d'orgueil, fier et haut par boutades, servile par habitude. C'étoit lui qui louoit M. de La Poupelinière sur la finesse de sa peau et qui, dans un moment d'humeur, disoit de lui : qu'il s'en aille cuver son or (1). »

Mais de toutes les personnes distinguées que l'on rencontrait chez La Poupelinière, la plus recherchée, la plus entourée, la plus admirée

(1) *Mémoires de Marmontel*, livre IV.

était certes sa femme. Elle charmait et étonnait à la fois par son intelligence, par la vivacité de son esprit et par « une verve d'éloquence qui tenoit de l'inspiration (1) ».

Une femme aussi séduisante ne pouvait manquer d'invitations, aussi obtenait-elle des succès même dans le grand monde. Sa vanité s'épanouissait lorsqu'elle assistait seule à des réunions, à des soupers où son mari, simple fermier général, eût été déplacé et où elle recevait les hommages et les adulations des hommes les plus titrés.

Ce fut dans une de ces assemblées élégantes que Mme de La Poupeli-

(1) *Mémoires de Marmontel*, livre IV.

nière rencontra pour la première fois, vers 1744, le duc de Richelieu. Très flattée des compliments que lui adressa ce séducteur célèbre, elle les reçut de façon à les encourager, heureuse qu'elle était de voir fixées sur elle les attentions d'un homme dont tant de femmes, d'un rang supérieur au sien, s'étaient disputé le cœur.

Leur liaison, mystérieuse au début, ne fut bientôt plus un secret pour personne, pas même pour La Poupelinière averti par des lettres anonymes.

Le fermier général, dont ces relations avaient excité au plus haut degré la jalousie naturelle et n'osant s'attaquer au duc de Richelieu, trop grand seigneur pour lui, fit retomber sur sa femme tout le poids de sa colère. La vie de ces deux êtres devint alors un supplice perpétuel. Le mari faisait surveiller sa femme jour et nuit, la femme s'en vengeait par un air de profond mépris et prenait en face de La Poupelinière l'attitude d'une prisonnière devant son geolier.

« Il falloit voir à table, dit un commensal de leur maison, ces deux époux vis-à-vis l'un de l'autre ; la morne taciturnité du mari, la fière et froide indignation de la femme ; le soin que prenoient leurs regards de s'éviter et l'air terrible et sombre dont ils se rencontroient surtout devant leurs gens, l'effort qu'ils faisoient sur eux-mêmes pour s'adresser quelques paroles, et le ton sec et dur dont ils se répondoient. On a de la peine à concevoir comment deux êtres aussi fortement aliénés pouvoient habiter ensemble. Mais elle étoit déterminée à ne pas quitter sa maison et lui, aux yeux du monde et en bonne justice, n'avoit pas le droit de l'en chasser (1). »

Bientôt aux reproches muets succédèrent les récriminations, les scènes et même, chose triste à dire, les violences et la plus ignoble brutalité.

Le dimanche 24 avril 1746, Madame de La Poupelinière envoya quérir un commissaire au Chatelet qui la trouva au lit, malade et entourée de linges ensanglantés. Elle

(1) *Mémoires de Marmontel,* livre IV.

lui raconta que son mari, après l'avoir, la veille, accablée d'injures épouvantables, l'avait frappée avec la plus extrême violence, prise aux cheveux, terrassée et accablée de coups de pied dont elle portait encore les traces. Vernage, son médecin, appelé immédiatement, avait pratiqué sur elle trois saignées, deux aux pieds et une au bras. Elle demanda aussi qu'il fût dressé procès-verbal de ses déclarations.

Le lendemain elle manda de nouveau le même magistrat et l'informa que M. de La Poupelinière, loin de regretter ce qui s'était passé, avait, comme s'il était désireux d'aggraver encore ses torts, manifesté devant témoins son mépris pour elle, en affirmant que, si elle osait jamais se représenter à sa table, il jetterait à terre son couvert et l'expulserait ignominieusement de sa salle à manger (1).

Madame de La Poupelinière dut garder le lit plusieurs jours encore après ces tristes événements, et les conséquences des mauvais traitements dont elle fut la victime furent terribles pour elle. Les coups qu'elle reçut alors sur le sein furent l'origine de la tumeur cancéreuse qui la conduisit au tombeau quelques années plus tard (2).

Si La Poupelinière s'était laissé emporter à de semblables extrémités, c'est qu'il se trouvait dans un

(1) Voyez plus loin le document coté I.

(2) *Mémoires du marquis d'Argenson*, édit. Rathery; V, 299.

état d'exaspération impossible à décrire, causé par l'attitude hautaine et dédaigneuse de sa femme, et surtout par des lettres anonymes remplies de détails bien faits pour attiser sa jalousie, et racontant longuement où et comment sa femme pouvait rencontrer sans obstacles le duc de Richelieu.

Ce dernier, ayant appris ce qui venait d'arriver, ne voulut plus exposer madame de La Poupelinière à de pareils outrages et il chercha le moyen de la voir sans que le mari en fût instruit par ses espions à gage.

En examinant un jour dans la rue de Richelieu la maison mitoyenne à celle de La Poupelinière, il remarqua que l'une des chambres de cet immeuble devait très probablement correspondre avec le cabinet où se trouvait le clavecin de madame de La Poupelinière. Après s'en être assuré, il fit louer par un prête-nom l'appartement d'où dépendait cette chambre et il chargea l'un de ses gens, nommé Desnoyers, de faire faire dans le mur une ouverture disposée de façon qu'elle eût issue dans la cheminée du cabinet de la femme du fermier général. Desnoyers, en homme de précaution, choisit pour cette besogne délicate deux maçons d'une habileté incontestable, et une nuit, après leur avoir bandé les yeux et leur avoir fait faire mille détours dans une voiture, il les conduisit dans la chambre où ils devaient opérer. Là, il leur ôta leur bandeau, leur expliqua ce qu'il y avait à faire et leur promit cinquante louis si le travail était fini avant le jour et sans bruit. Les ouvriers, excités par la récompense offerte, vinrent à bout de leur tâche, et quand l'ouverture eut été pratiquée, ils posèrent sur charnière une plaque de cheminée préparée à l'avance qui, rendue ainsi mobile et s'ouvrant au moyen d'une clavette, permettait le passage dans la maison voisine. Dans l'appartement loué par le duc de Richelieu, l'ouverture béante fut masquée par un panneau couvert d'une glace.

Lorsque tout fut terminé, et après avoir pris soin qu'aucune trace de l'opération ne subsistât dans la cheminée de madame de La Poupelinière, Desnoyers banda de nouveau les yeux des ouvriers, les fit remonter en voiture et les reconduisit à leur domicile avec toutes les précautions qu'il avait employées lorsqu'il les avait amenés, de manière à ce qu'ils ignorassent toujours dans quel quartier de Paris ils avaient accompli ce véritable tour d'adresse.

A partir de ce moment, madame de La Poupelinière ne sortit plus que rarement ; le plus souvent même elle se faisait accompagner par son mari. La surveillance occulte dont elle était l'objet ne cessa pourtant pas, mais elle se ralentit un peu ; les rapports des espions ne contenant plus rien qui pût exciter la jalousie du fermier général. Même, un certain calme reparut dans ce ménage si troublé.

Pourtant, malgré les précautions du duc de Richelieu, le secret fut un jour bien près d'être découvert. La Poupelinière était venu dans le cabinet de sa femme à l'heure habituelle des entrevues, et Richelieu, pour signaler son arrivée, frappa selon les conventions un coup sur la cheminée. Madame de La Poupelinière, troublée au plus haut degré, ne perdit cependant pas sa présence d'esprit et, feignant l'humeur, elle se plaignit du bruit incessant des voisins, puis, avec la pincette, elle frappa à son tour deux coups, ce qui indiquait un danger. Richelieu comprenant garda alors le plus profond silence, et La Poupelinière se retira tranquille quelques instants après, sans avoir rien compris à ce manège (1).

Toutefois, pour éviter dans l'avenir de semblables périls, madame de La Poupelinière prit l'habitude le soir de pousser ses verroux, de peur des voleurs, disait-elle (2).

Ce fut ce qui la perdit. Une de ses femmes ayant entendu plusieurs fois, alors qu'elle savait sa maîtresse enfermée toute seule chez elle, une voix masculine venant de son appartement, épia et finit par découvrir que quelqu'un, par un moyen

(1) *Vie privée du maréchal de Richelieu*, I, 62.

(2) *Journal de Barbier*, édit. Lalanne, IV, 326.

dont elle ne se rendait pas compte, s'introduisait chaque soir chez madame de La Poupelinière.

Cette femme, nommée Dufour, comptant se faire payer le secret surpris en partie par elle, fit comprendre à sa maîtresse qu'elle était instruite de ce qui se passait. Madame de La Poupelinière acheta son silence au prix d'une pension de six cents livres; mais au bout d'un certain temps, redoutant une trahison, elle saisit un prétexte et la mit hors de chez elle.

La femme de chambre congédiée se vengea comme peuvent le faire toutes les créatures de son espèce. Elle écrivit sous le voile de l'anonyme à La Poupelinière plusieurs lettres, dans lesquelles elle l'assurait qu'en dépit de ses précautions, de ses soins, de sa surveillance, sa femme continuait de le tromper, et que tous les soirs, par une issue secrète, un homme pénétrait dans son appartement.

Le fermier général résolut d'en finir. Le 28 novembre 1748, jour où sa femme et lui étaient invités à assister à une revue passée par le maréchal de Saxe près de Chaillot, il la laissa partir seule dans une des voitures du maréchal, et prétextant une douleur rhumatismale à l'épaule, il garda le logis. Dès qu'il fut seul il envoya chercher deux de ses familiers, Vaucanson et l'avocat Ballot de Sovot, et leur fit part de sa résolution de visiter à fond l'appartement de sa femme.

Arrivés dans le cabinet où se trouvait le clavecin, Ballot de Sovot fit observer à ses deux compagnons que la cheminée était complètement vide et sans aucune trace de feu, bien que la saison fût assez rigoureuse et que dans les autres chambres de la maison tous les foyers fussent allumés. En faisant cette observation, à ses yeux sans grande importance, Ballot du bout de sa canne frappa la plaque de fond de la cheminée qui rendit un son creux. Aussitôt Vaucanson se mit à genoux et, examinant avec soin, il reconnut que la plaque était montée à charnière, et si habilement posée que la jointure en était presque invisible. Alors s'engagea entre lui et La Poupelinière stupéfait le dialogue suivant : « Ah ! monsieur, s'écria Vaucanson, le bel ouvrage que je vois là et l'excellent ouvrier que celui qui l'a fait ! Cette plaque est mobile, elle s'ouvre, mais la charnière en est d'une délicatesse..... Non, il n'y a pas de tabatière mieux travaillée. L'habile homme que celui-là ! — Quoi ! monsieur, vous êtes sûr que cette plaque s'ouvre ? — Vraiment oui, j'en suis sûr ; je le vois. Rien n'est plus merveilleux. — Et que me fait votre merveille, il s'agit bien d'admirer ! — Ah ! monsieur, de tels ouvriers sont fort rares ; j'en ai d'assez bons assurément, mais je n'en ai pas un qui.... — Laissons-là vos ouvriers, interrompit La Poupelinière, écumant de fureur, et qu'on m'en appelle un qui fasse sauter cette plaque! — C'est dommage, s'écria alors Vaucanson, de briser un chef-d'œuvre aussi parfait que celui-là (1)! »

Immédiatement des ouvriers ouvrirent la plaque en présence de diverses personnes appelées par La Poupelinière et de domestiques amenés sur les lieux par l'annonce de cette découverte.

Le fermier général ne s'en tint pas là. Il envoya chercher le commissaire Delavergée et le requit de dresser un procès-verbal relatant les faits dont il vient d'être question et de recevoir sa plainte contre le nommé Berger, occupant dans la maison voisine l'appartement dont

(1) *Mémoires de Marmontel*, livre IV.

le mur avait été défoncé (1). La colère qu'il ressentait était violente et pourtant il sut se contenir assez pour ne pas souffler mot du duc de Richelieu. Il attribua seulement à ceux qui avaient imaginé ce moyen de pénétrer chez lui des intentions criminelles sur sa vie ou sur celle de sa femme et le désir ensuite de dévaliser sa maison (2).

Un des laquais, qui avait assisté à l'ouverture de la plaque et qui avait entendu la plainte portée par

(1) Ce Berger était l'individu qui servait de prête-nom au duc de Richelieu.

(2) Voyez plus loin le document coté II. — L'ouverture de la cheminée resta béante jusqu'au 3 du mois de décembre suivant, jour où La Poupelinière la fit boucher en présence du commissaire Delavergée, du représentant du propriétaire de la maison voisine et de quelques ouvriers.

La Poupelinière, s'empressa de courir à l'endroit où se passait la revue et de prévenir madame de La Poupelinière.

Cette dernière se fit raconter tout en détail et, bien assurée que le nom du duc de Richelieu n'avait pas été prononcé, elle construisit à la hâte tout un système de défense. Craignant de trouver la porte de l'hôtel de son mari fermée pour elle, elle pria le maréchal de Saxe, auquel elle raconta l'histoire à sa façon, de vouloir bien l'accompagner. Ils arrivèrent rue de Richelieu et là, comme elle l'avait supposé, le suisse leur refusa d'abord la porte, mais, intimidé par la présence du maréchal de Saxe, il finit par les laisser entrer en s'écriant toutefois que sa désobéissance allait lui coûter sa place et peut-être même la vie.

Une fois dans la maison, le maréchal conduisit madame de La Poupelinière au premier étage, où ils se rencontrèrent face à face avec le fermier général. Peu désireux d'assister à une explication intime, mais voulant remplir jusqu'au bout son rôle de protecteur et de galant homme, le maréchal adressa à La Poupelinière un petit discours banal dans lequel, faisant appel à son bon sens et à sa modération, il l'engageait à ne pas faire de scandale et à se réconcilier au plus vite avec sa femme toute disposée d'ailleurs à lui donner les explications les plus satisfaisantes. Puis, sans attendre même une réplique à ses paroles, il s'empressa de prendre congé, reconduit jusqu'à son carrosse par La Poupelinière respectueux.

Lorsqu'enfin les deux époux furent en présence, le mari conduisit sa femme dans le cabinet où l'ouverture avait été découverte et lui demanda qui l'avait faite et à quoi elle avait servi. Madame de La Poupelinière répondit effrontément qu'elle n'avait jamais eu connaissance de cette ouverture; elle la voyait pour la première fois, et elle ne pouvait l'attribuer qu'à ses ennemis, à ceux qui, à force de calomnies, avaient mis la désunion entre lui et elle. S'armant ensuite habilement de la déposition même de son mari, elle ajouta que cette ouverture, pratiquée selon elle par des gens qui voulaient la perdre, était peut-être aussi le fait de misérables qui en voulaient à sa vie. Puis elle se jeta aux pieds de son mari et le conjura de lui rendre son estime, sa confiance, sa tendresse même ; « mon amour, s'écria-t-elle en terminant, vous vengera en me vengeant moi-même du mal que nous ont fait nos ennemis communs ! »

Cette comédie, supérieurement jouée pourtant, fut inutile. La Poupelinière se montra inflexible : « Tout l'artifice de vos paroles, lui répondit-il, ne me fait point changer de résolution ; nous n'habiterons plus ensemble. Si vous vous retirez modestement et sans bruit, je prendrai soin de votre sort. Si vous m'obligez de recourir aux voies de rigueur pour vous faire sortir de chez moi, je les emploierai, et tout sentiment d'indulgence et de bonté pour vous sera étouffé dans mon âme (1). »

Elle partit, et malgré l'heure avancée, il était environ onze heures du soir, elle se rendit chez le commissaire, qui, en 1746, avait reçu sa plainte contre son mari. Travestissant les faits avec une audace sans exemple, elle se posa en victime. M. de La Poupelinière, animé contre elle d'une fureur inconcevable, venait de lui faire la mortelle injure de l'empêcher de rentrer chez elle à son retour de la revue du maré-

(1) *Mémoires de Marmontel*, livre IV.

chal de Saxe. Grâce pourtant à ce dernier elle avait pu pénétrer dans sa maison. Mais là, malgré la présence de son illustre cavalier, devant toute sa livrée, elle avait été accablée par son mari d'injures atroces et déshonorantes. Redoutant les voies de fait, elle s'était hâtée de gagner son appartement où elle avait trouvé tous les meubles en désordre et la cheminée de son cabinet défoncée, sans qu'elle pût s'expliquer ce que signifiait tout ce remue-ménage. Succombant sous le poids de la fatigue et des émotions, elle avait alors demandé un bouillon; mais par ordre de son mari il lui avait été refusé. A ce moment diverses personnes étant venues la prévenir que sa vie n'était pas en sûreté si elle persistait à rester dans la maison de M. de La Poupelinière, elle s'était décidée à la quitter et à aller chercher un asile chez sa mère (1).

Quelques jours plus tard, le 21 décembre, Madame de La Poupelinière manda le même magistrat dans la chambre qu'elle occupait chez sa mère, rue de la Chaussée d'Antin, et lui fit un long récit de toutes les misères qu'elle avait subies du fait de son mari, de ses brutalités, de ses calomnies, et revenant sur l'histoire de la cheminée, elle prétendit que cette ouverture devait être fort ancienne ou bien qu'elle avait été faite par les amis

(1) Voyez plus loin le document coté III.

ou parents de M. de la Poupelinière, dans le but de lui nuire, et peut-être par M. de La Poupelinière lui-même, car il avait longtemps habité cet appartement devenu ensuite le sien. Il était au surplus bien singulier qu'on l'accusât d'avoir fait pratiquer cette ouverture, alors que son mari avait déclaré publiquement à un magistrat, dont le procès-verbal existait, que ce percement devait être l'ouvrage de criminels dont le but était de l'assassiner lui et sa femme et de le voler ensuite. « De plus, ajoutait-elle, quel moment a-t-il pris pour se livrer à une perquisition chez moi ? L'instant où j'étais absente afin d'en imposer plus aisément sur sa prétendue découverte ; quant à ceux qu'il avait convoqués, c'étaient ses complaisants, ses familiers, ses domestiques. » En outre, le commissaire n'avait été mandé qu'au moment où tout était disposé de manière à ce qu'on ne pût démêler si l'ouverture était ancienne ou récente, et quelques jours plus tard on avait reconstruit en toute hâte la muraille afin que toute constatation favorable à son innocence fût désormais rendue impossible. Enfin le résultat de ces abominables machinations avait été son expulsion du domicile conjugal, expulsion qui la déshonorait.

« Ce n'est pas encore tout, disait en terminant la pauvre femme, et ici elle était absolument dans le vrai, je souffre cruellement de cette maladie (un cancer au sein) que m'ont occasionnée les brutalités de M. de La Poupelinière et qui a été constatée par les médecins. Je suis dénuée de tout, de linge, de vêtements et d'argent. J'ai même couché plusieurs jours par terre, faute d'un lit. Par l'intermédiaire de tierces personnes j'ai fait demander des secours à mon mari; il me les a refusés. C'est donc à la justice qu'il me faut demander appui, protection et raison de pareils outrages (1). »

Ce ne fut qu'en novembre 1749, c'est-à-dire onze mois après les événements dont on vient de lire le récit, que Madame de La Poupelinière obtint enfin une rente annuelle

(1) Voyez plus loin le document coté III.

de son mari. Grâce, assure-t-on, aux démarches du duc de Richelieu, absent de Paris lors de la découverte de la plaque tournante, et qui s'empressa de lui faire tenir mensuellement 1200 livres, en attendant que sa situation fût réglée (1), le contrôleur général des finances força La Poupelinière à faire à sa femme 20,000 livres de pension et à lui en assurer le principal, sous peine d'être exclus de la compagnie des fermiers généraux (2).

Est-il besoin de parler du scandale immense produit dans tout Paris par cette triste aventure ? Mille quolibets furent échangés à ce sujet

(1) *Vie privée du maréchal de Richelieu*, II, 88.

(2) *Mémoires de d'Argenson*, VI, 73.

en prose et en vers et on afficha dans les rues un *Avis au public* ainsi conçu :

Messieurs, vous êtes avertis
Qu'on fait fabriquer dans Paris
En perçant la maison voisine
Fonds de cheminée à ressorts
Où l'amant peut passer le corps
Sans que personne le devine.
On pourra voir cette machine
Chez certain fermier général,
Aux frais d'un nouveau maréchal (1) ;
Chez Madame de La Poupelinière
Qui s'en est servi la première (2).

De plus, l'année touchait à sa fin et alors, comme aujourd'hui, les petits marchands s'ingéniaient, au moment des étrennes, à inventer

(1) Le duc de Richelieu venait d'être nommé maréchal de France.

(2) *Journal de Barbier*, IV, 329. — Archives nationales, Y, 15623.

un objet d'actualité dont la vente fût lucrative. Ils eurent l'heureuse idée d'exploiter l'affaire de la cheminée tournante, et le 31 décembre les promeneurs qui remplissaient les galeries marchandes du Palais de Justice, pour faire leurs emplettes, purent voir et acheter des « petites cheminées en carton avec une plaque qui s'ouvroit, derrière laquelle on voyoit un homme et une femme qui se guettoient (1). »

Les choses allèrent même plus loin encore. Dans les théâtres, à la Comédie Italienne, notamment, on vendit publiquement ces petites cheminées avec la stupide complainte que voici :

(1) *Journal de Barbier*, IV, 336.

I

Voulez-vous savoir le mystère
De Monsieur de La Poupelinière ?
Sa moitié, pour voir son galant,
Traversoit une cheminée
Qui sembloit fermée par devant
Et par derrière étoit forcée.

II

Averti de ce stratagème,
Ayant vu le trou par lui-même,
Il a fermé portes et verroux
Jurant sans mesure et sans bornes,
Tant il se sentoit en courroux
En voyant cet ouvrage à cornes.

III

Il a tort de faire ce tapage ;
C'est son profit que cet ouvrage ;
Sans argent le bois venoit
Dans le foyer en abondance.
Le but de sa femme n'étoit
Que de modérer sa dépense.

Enfin, Madame de Pompadour, qui haïssait le duc de Richelieu, voulut aussi posséder un objet qui lui rappelât sans cesse le souvenir de cette immortelle aventure et elle se fit confectionner par un artiste demeuré inconnu « un modèle de cheminée tournante en bois d'acajou d'environ deux pieds avec la plaque en cuivre (1). »

Madame de La Poupelinière mourut d'un cancer au sein dans les premiers mois de 1752. Le maréchal de Richelieu la visitait de temps à autre, et ces témoignages d'attention que lui donna cet homme vicieux et égoïste parurent touchants à la société parisienne d'alors. « En

(1) *Catalogue des objets d'art du marquis de Marigny*, n° 751.

vérité, disait-on, M. le duc de Richelieu a eu pour elle des procédés admirables. Il n'a pas cessé de la voir jusqu'à son dernier moment (1). »

Avant de mourir, Madame de La Poupelinière fit plusieurs démarches pour se rapprocher de son mari; mais ce fut inutilement.

On lit à ce propos, dans le Journal de Collé, à la date de novembre 1751 :

« Mme de La Popelinière a remué ciel et terre ce mois-ci pour se raccommoder avec son mari et revenir vivre avec lui dans sa maison. L'on prétend qu'elle a intéressé Mme de Pompadour à sa situation; ce qui est sûr, c'est qu'elle a solli-

(1) *Mémoires de Marmontel*, livre IV.

cité les ministres pour son raccommodement avec son mari. Elle a été chez M. de Saint-Florentin, M. d'Argenson et M. de Machault... Je donne pour certain que M. de Machault avoit envoyé chercher M. de La Popelinière, dont la femme étoit déjà dans le cabinet de ce ministre. Quand ce cher mari arriva dans la seconde antichambre, il y trouva Boudrey, son secrétaire, à qui il demanda s'il savoit ce que M. le garde des sceaux lui vouloit, s'il auroit bientôt audience et s'il y avoit actuellement quelqu'un avec lui; à quoy Boudrey répondit : « Je » n'en sais rien; tout ce que je sais, » c'est que Mme de La Poupelinière » est avec lui depuis une heure. » Ce que ce tendre mari ayant entendu, il s'enfuit et court encore... (1) »

La Poupelinière resta veuf jusqu'en 1759, époque où il épousa en secondes noces une jeune personne de Toulouse, Mlle Marie-Thérèse de Mondran. Ce mariage était en grande partie l'œuvre d'un soi-disant abbé La Coste, familier de la maison du fermier général, qui lui confia même le soin d'aller chercher Mlle de Mondran à Toulouse, et de la conduire à Paris.

Un an après, ce même abbé La Coste était condamné pour faux et

(1) *Journal de Collé*, éd. H. Bonhomme, I, 378.

escroqueries au carcan, à la marque et aux galères perpétuelles (1). « Cette affaire a fait du bruit, dit un chroniqueur contemporain, et a dû bien mortifier M. de La Popelinière, qui a déjà eu plusieurs histoires désagréables sur son compte (2). »

En janvier 1762, La Poupelinière fut rayé de la liste des fermiers généraux. Il était en fonctions depuis près de quarante-quatre ans.

(1) Ce La Coste avait été l'un des collaborateurs de l'*Année littéraire*, journal de Fréron. Il mourut au bagne en 1761 et Voltaire composa alors cette épigramme :

La Coste est mort; il vaque dans Toulon,
Par ce trépas, un emploi d'importance.
Ce bénéfice exige résidence
Et tout Paris y nomme Jean Fréron.

(2) *Journal de Barbier*, VII, 300.

Le 1er novembre suivant, sentant la mort approcher, il rédigea son testament. N'ayant pas eu d'enfants de ses deux mariages, il disposa de sa fortune en faveur de sa famille ; quant à sa femme, il la restreignit aux bénéfices de la donation qu'il lui avait faite le 30 juillet 1759 au moment de leur union (1).

Les héritiers institués étaient : sa sœur, Mlle Jeanne-Alexandre Le Riche de Vandy ; ses frères : Alexandre-Edme Le Riche de Chevigné, conseiller au Parlement de Paris ; Hyacinthe-Julien Le Riche, docteur de Sorbonne et doyen du chapitre de Saint-Marcel à Paris ; Augustin-Alexandre Le Riche de

(1) Archives nationales, Y, 391.

Sancour, ancien gentilhomme ordinaire du Roi, et les trois enfants d'une sœur décédée, Mme de Saffray, née Marie-Thérèse Le Riche, savoir : un garçon, Alexandre-Augustin de Saffray, chevalier de Saint-Louis, ancien capitaine au régiment de Royal-Roussillon, cavalerie ; et deux filles : Marie-Thérèse de Saffray, veuve de Pierre-Hyacinthe de Mesnildot, seigneur de Gouberville, et Alexandrine-Marie-Thérèse de Saffray, femme d'Étienne Larcher de La Londe.

En outre, Mlle de Vandy fut nommée exécutrice testamentaire (1).

(1) Archives nationales, Y, 15652. — Il est impossible de ne pas signaler la prédominance singulière du nom de Thérèse parmi les femmes qui tenaient à La Poupelinière par les

Trente-cinq jours après avoir dicté ses dispositions dernières, le 5 décembre 1762, à une heure et quelques minutes du matin, La Poupelinière succomba. Il habitait encore cet hôtel de la rue de Richelieu, théâtre de la scandaleuse aventure de la cheminée tournante. Trois quarts d'heure après le décès, en pleine nuit par conséquent, le commissaire Sirebeau, mandé par la veuve pour apposer les scellés sur les objets ayant appartenu

liens du sang ou du mariage. Ses deux femmes s'appelaient l'une Thérèse des Hayes, l'autre Marie-Thérèse de Mondran ; sa sœur décédée Marie-Thérèse Le Riche et ses deux nièces, la première Marie-Thérèse de Saffray et la seconde Alexandrine-Marie-Thérèse de Saffray. Enfin, lui-même a donné à l'héroïne de son trop célèbre livre, les *Tableaux des mœurs du temps,* le prénom de Thérèse.

au défunt, se présentait, et au moment d'y procéder recevait de Mme de La Poupelinière, dans les formes juridiques, une déclaration bien inattendue de grossesse.

Il est facile de deviner l'impression désagréable, causée aux héritiers désignés par cette nouvelle ignorée évidemment par le fermier général lorsqu'il rédigea son testament. Toutefois, jusqu'à la naissance de l'enfant, il n'y avait aucune décision à prendre, et on se borna à nommer « Jean-Baptiste-Charles Bellanger, avocat au Parlement, curateur au ventre de dame Marie-Thérèse de Mondran, veuve de M. de La Poupelinière. » Cette dernière quitta alors l'hôtel de la rue de Richelieu, et alla demeurer rue

Montmartre, où, le 28 mai 1763, elle mit au monde, cinq mois et vingt-trois jours après la mort de son mari, un enfant du sexe masculin, qui fut baptisé le lendemain en l'église Saint-Eustache et présenté sous les noms de Alexandre-Louis-Gabriel Le Riche de La Poupelinière. Le 14 juin suivant, une sentence du lieutenant civil institua Mme veuve de La Poupelinière tutrice de son fils mineur; ce qui lui permit de revendiquer aussitôt pour l'enfant la totalité de la succession du défunt.

Le testament à la main, la famille essaya de repousser ces prétentions, mais inutilement, car, à la suite d'un procès long et assez scabreux, les droits du mineur furent pleinement reconnus.

Le procès-verbal des scellés apposés chez La Poupelinière par le commissaire Sirebeau nous est parvenu (1) ; il forme un registre assez volumineux, d'une écriture fine et pénible à déchiffrer. Nous allons en extraire tout ce qui nous paraîtra de nature à intéresser le lecteur.

L'argent comptant trouvé dans les secrétaires s'éleva à la somme de 152,712 livres, sur laquelle, par ordre du Lieutenant civil, furent immédiatement prélevés les frais funéraires formant un total de 2,627 livres, 18 sols, se décomposant ainsi : 825 livres au curé et à

(1) Archives nationales, Y, 15652.

la fabrique de Saint-Roch, 111 livres pour les crêpes et les tentures, 111 livres pour les gants noirs, 17 livres 18 sols pour les chapeaux de deuil, 776 livres pour les cierges, 588 livres pour les jurés-crieurs de corps chargés des dispositions de l'enterrement, et 199 livres pour le cercueil de plomb.

On paya également les gages arriérés des musiciens à la solde de La Poupelinière, qui formaient l'orchestre de son joli théâtre de Passy, où pouvaient s'asseoir environ deux cents spectateurs. Nous transcrivons les noms de ces artistes : Canavas, Ignazio, Proekch, Flieger, Louis, Schencker, Gossec (1)

(1) Après la mort de La Poupelinière.

et sa femme, Capron, Calès, Goëpffert, Saint-Guire, Miroglio, Graziani et Leclerc. Ils eurent à se partager 825 livres.

Le personnel assez nombreux des serviteurs de M. et de Mme de La Poupelinière ne fut pas oublié dans cette répartition, et y fut compris pour 9,567 livres 10 sols. Au fermier général étaient attachés un secrétaire, un maître d'hôtel, une femme de charge, un aide et un garçon d'office, un chef, un aide et un garçon de cuisine, un rôtisseur, un valet de chambre, un valet de chambre chirurgien, deux cochers, deux laquais, un postillon, deux portiers et un frotteur. Mme de La

Gossec devint directeur de la musique du prince de Conti.

Poupelinière avait pour son service personnel : un valet de chambre, une première et une seconde femme de chambre et deux laquais. En outre, au château de Passy, il y avait un concierge, une servante de la concierge, un frotteur, un pompier ou serviteur chargé de l'entretien des conduites et pièces d'eaux, un suisse et garde de nuit, un portier et un jardinier.

Parmi les nombreux créanciers de la succession, nous noterons : le président Hénault, à qui il était dû 100,000 livres d'argent prêté en 1739, et les arrérages de l'année courante ; Mlle Marie-Violente Vestris, dite Jardini (1), cantatrice.

(1) Nous avons trouvé (Archives nationales, Y, 10910) sur Mlle Jardini et sur

qui réclamait 180 livres pour avoir chanté dans neuf concerts don-

Thérèse Vestris sa sœur, cantatrice comme elle, le document suivant dont nous transcrivons un extrait :

« Ce jourd'hui samedi 27 juillet 1776, une heure de relevée, nous Pierre Thiérion, commissaire au Chatelet, ayant été requis, sommes transporté à l'entresol d'une maison sise rue Saint-Honoré de laquelle est propiétaire le sieur de Courcelles et étant dans une troisieme pièce de l'entresol ayant vue sur la rue y avons trouvé les demoiselle et dame Thérese Vestris et Marie Vestris, épouse du sieur Félix de Jardini, bourgeoises de Paris y demeurant dans la maison où nous sommes près le trésor royal; lesquelles nous ont dit qu'hier, environ six heures du soir, étant dans leur voiture, berline anglaise, arrêtées devant la porte du sieur Raibault, parfumeur, une voiture avoit accroché leur berline par le bout ou extrémité de l'arrière train du côté droit; que le cocher de cette voiture allant toujours et assez vite les avoit renversées dans le ruisseau après avoir fait faire un demi tour à la leur; que de cette chûte vio-

nés par La Poupelinière; les Comédiens du Roi de la troupe fran-

lente il en étoit résulté à elle de Jardini, trouvée dans son lit, un mal de tête si violent, qu'elle auroit eu beaucoup d'inquiétudes des suites si deux saignées qu'on lui a déjà faites ne l'eussent calmée; que son oreille droite est blessée considérablement; que sa cuisse droite est dans un état à lui faire craindre de ne pouvoir s'en servir de longtemps; qu'elle a le dos et les reins très douloureux. Et nous est apparu des dites blessures tant à l'oreille droite qu'à la cuisse du même côté, que les meurtrissures de la cuisse au nombre de quatre, surtout celle qui est au bas du genou, nous ont paru exiger des attentions sérieuses. Et nous a fait la dite dame Jardini représenter une robe de taffetas blanc à la Polonoise, dont elle nous a dit être vêtue alors, crottée et déchirée, le jupon déchiré aussi et découpé.

» La demoiselle Thérèse Vestris nous a dit qu'elle a partagé l'effroi de cette chûte; qu'elle n'est point blessée, mais que la grande commotion l'a déterminée à se faire saigner deux fois jusqu'à ce moment; que cette chûte a été d'autant plus effrayante et considérable que

çaise, dans le théâtre desquels le défunt avait assisté à treize représentations sans payer la place occupée par lui aux premières loges, et qui présentaient un mémoire de 78 livres; une demoiselle Marie-Françoise Coé, « peintresse de l'Académie de Saint-Luc », qui avait fourni, sur commande, « un petit tableau en pastel représentant une Basque avec une palatine bleue, » fourniture qu'elle éva-

leur voiture est montée fort haut; qu'elle ne sait pas comment elles n'avoient pas été tuées tant elles avoient été renversées roide après avoir fait un demi tour, accrochées et tirées par l'autre voiture; que Deshayes leur laquais qui étoit alors derrière le carrosse avoit été renversé; qu'il avoit mal au talon de cette chûte; que le cocher étoit tombé de dessus son siège et avoit une jambe écorchée, etc., etc. »

luait à 96 livres; François de La Sablière, ancien lieutenant-colonel de cavalerie, demeurant à Béziers, qui avait expédié au défunt quatre caisses d'herbes odoriférantes, trois barils d'olives, trois livres et demie de suc de réglisse et une pièce de vin muscat. Il n'avait jamais été payé de cet envoi déjà ancien, et en fixait le prix à 322 livres. Enfin, un maréchal de camp des armées du Roi réclamait 260 livres pour un certain nombre de bouteilles d'eau de Spa.

Un musicien célèbre qui avait fait, ainsi qu'il a été dit plus haut, partie de l'orchestre de La Poupelinière, fit aussi une revendication, non d'argent mais de livres et cahiers de musique. Le procès-verbal de scellés la mentionne en ces termes : « Et le jeudi 26 mai, audit an 1753, onze heures du matin, en notre hôtel et pardevant nous, Jean-François Sirebeau, est comparu le sieur François-Joseph Gossec, maître de musique, demeurant rue des Moulins, butte et paroisse Saint-Roch, tant pour lui et en son nom, que comme ayant charge et pouvoir des sieurs Carlo Graziani et Schencker, tous deux musiciens et tous trois ci-devant au service de défunt le sieur Le Riche de La Poupelinière, lequel nous a dit qu'il est opposant comme par ces présentes il s'oppose qu'il soit procédé à la reconnoissance et levée des scellés apposés par nous après le décès dudit défunt, sieur Le Riche de La

Poupelinière, sur les biens meubles et effets dépendant de sa succession et jusqu'à ce que il leur ait été remis et rendu savoir à lui comparant : sept symphonies à clarinette dont quatre en E B et deux en D et une en F, plus une symphonie avec des sourdines à hautbois en A, plus deux symphonies avec des cors simplement en D, plus et enfin un livre de sonates de Domenico Alberto, tous lesquels livres et cahiers de musique lui comparant avoit prêtés tant à M. de La Poupelinière qu'à la dame son épouse ; audit sieur Graziani un livre de sonates pour le violoncelle intitulé : *Six sonates pour le violoncelle*, dédié à M. le comte Oginski, de Carlo Graziani, pareillement par lui prêté à mon dit sieur de La Poupelinière; et ledit sieur Schencker pour cinq symphonies avec des cors et clarinettes, plus un recueil de pièces de hautbois de foret dont une partie dans le ton de *fa*, l'autre dans le ton de *mi b*, par lui pareillement prêtés audit sieur de La Poupelinière. »

Plus loin on trouve le détail des diamants de la femme du fermier général : un collier de diamants brillants composé de onze pièces avec une guirlande, sa pendeloque et le petit fleuron; une paire de girandoles de même composée de boucles, six pendeloques et corps de pendants; une table de bracelets de diamants en plein; une table de bracelets avec portrait garni de diamants; une bague d'un brillant seul;

trois fleurs en poinçon de diamants brillants; une bague d'une aigue-marine entourée de diamants; une aigrette en plume de héron; un collier avec sa rivière; une paire de girandolles et une grande aigrette; deux poinçons de grandes et belles aigues-marines (1).

(1) En 1790, Mme de La Poupelinière, ayant besoin d'argent, voulut vendre quelques-uns de ses diamants. Un intermédiaire la mit en rapport avec deux individus qui se présentèrent chez elle pour examiner et estimer les diamants. Cela fait, ils prétendirent n'avoir pas sur eux la somme nécessaire au payement, firent placer les bijoux dans une boîte, les recouvrirent soigneusement de ouate, cachetèrent de cire rouge la boîte fermée et entourée d'un fil de soie et disparurent en annonçant leur visite pour le lendemain et en laissant la boîte dans les mains de Mme de La Poupelinière. Plusieurs jours se passèrent sans qu'on les revît: inquiète, Mme de La Poupelinière se présenta, munie de la boîte,

L'argenterie comprenait neuf douzaines d'assiettes dont une en déficit, quatre-vingt-sept couverts et une cuillère, trente-trois plats, trois écuelles dont une sans couvercle, deux saucières, vingt-trois cuillères à ragoût et une à olive, six grandes fourchettes de table, dix-huit attelles, cinquante-trois couteaux, deux huiliers, six cuillères à café, deux sucriers, quatre cafetières, deux cuillères à sucre, un tire-moelle, deux pinces à sucre dont une cassée, six petites cuillères à sel, deux grandes

devant le Lieutenant civil du Châtelet, lui raconta les faits et sollicita une décision. Le Lieutenant civil ordonna l'ouverture de la boîte, dans laquelle on ne trouva que du sucre candi entouré de coton. La police ne put jamais mettre la main sur ces deux habiles prestidigitateurs. (Archives nationales, Y, 11286.)

salières à compartiments et quatre petites, un moutardier et sa cuillère, six coquilles, quatre cuillères à potage, une marmite et dix-huit cuillères à café, le tout marqué aux armes du défunt : de gueules à une chaîne d'or supportant un coq de même, regardant une étoile au canton dextre d'argent (1).

Dans les remises, tant de l'hôtel de la rue de Richelieu que de la maison de campagne de Passy, on trouva plusieurs voitures, dont deux doublées de velours cramoisi, une de campagne, doublée de velours d'Utrecht cramoisi, un vis-à-vis doublé de velours d'Utrecht vert, une voiture servant pour aller chercher

(1) Archives nationales, M. M, 818.

les provisions, un fourgon à deux roues et une autre petite voiture chargée d'un tonneau.

Dans les écuries il y avait sept chevaux de carrosse sous poil noir, un sous poil blanc dit anglais et trois chevaux entiers, dont deux sous poil noir et un sous poil rouge.

Les caves de Paris contenaient vingt pièces de vin ordinaire et cent cinquante bouteilles de vins de différentes espèces. Celles de Passy étaient plus abondamment garnies et renfermaient : dix-sept demi-muids de vin de Basse-Bourgogne, deux cent cinquante bouteilles de vins de différens crus rouge ou blanc, trente bouteilles de champagne blanc, deux cents fioles de vin muscat, dix bouteilles et quatre-vingts carafons de liqueurs.

Dans le jardin de Passy avait été construite une volière en fil de fer, divisée en plusieurs compartiments, où se trouvaient cent petits oiseaux de toute espèce, douze faisans gris et panachés et cent pigeons.

Le mobilier était riche, mais sans offrir pourtant rien de bien extraordinaire.

Quant aux livres, tableaux et curiosités de toute nature que devait posséder La Poupelinière, le procès-verbal ne les indique malheureusement qu'en bloc et sans détail. Cela est d'autant plus regrettable qu'il devait y avoir là bien des choses précieuses. Il est permis de le penser du moins, si l'on en juge par la description que donne le procès-verbal des objets personnels réclamés par madame de La Poupelinière et qui est conçue en ces termes : une armoire et bibliothèque de bois de rose, une guitare et une vielle, un rouet à filer de bois Rungis ? renfermant une serinette et trois cages à oiseaux. un clavecin à grand ravalement de Dukers et une harpe par Guepfert, une table et chiffonnière de bois de rose, une corbeille artificielle renfermée dans une cage de verre blanc, plusieurs livres. recueils et cahiers de musique vocale. la planche du portrait de son mari, les portraits en grand et en miniature d'elle-même et de M. de La Poupelinière, tous les ouvrages, tant imprimés que manuscrits, qu'il avait laissés et qui n'avaient pas été inventoriés; des armoiries en coquille encadrées et quatre figures de cire également encadrées.

L'exécutrice testamentaire, Mlle de Vandy, répondit que cette revendication devait être portée devant le Lieutenant civil, qui seul pouvait statuer, en faisant observer toutefois. que, quant aux figures de cire, il était inutile d'en parler au magistrat, attendu qu'elle en proposait la destruction pure et simple. Notre procès-verbal s'exprime ainsi à ce propos :

« Requiert ladite demoiselle de Vandy que plusieurs figures de cire qui se sont trouvées dans le cabinet du feu sieur de La Poupelinière représentant des nudités et postures immodestes que la pudeur même la moins scrupuleuse ne peut pas supporter et que, par cette raison, il seroit indécent et déshonnête de laisser subsister, soient entièrement supprimées et détruites. »

Les autres héritiers, tout en se rangeant à l'avis de Mlle de Vandy, pensèrent pourtant que la justice était seule compétente pour statuer sur la destruction des figures de cire et le litige fut soumis au Lieutenant civil. Ce magistrat ordonna que les papiers non inventoriés de M. de La Poupelinière seraient renfermés dans des coffres déposés chez un notaire et dont la veuve et l'exécutrice testamentaire auraient chacune une clef, que le surplus des objets réclamés par madame de La Poupelinière lui serait provisoirement remis, à l'exception pourtant des quatre figures de cire, dont il prescrivit la destruction complète de telle manière que sur la cire pétrie il ne restât plus trace des sujets représentés.

Cette sentence fut immédiatement exécutée et aussitôt après le procès-verbal fut clos et arrêté.

Commencées le 5 décembre 1762. jour du décès de M. de La Poupelinière les opérations d'apposition et de levée des scellés ne furent terminées que le 26 juillet 1763.

Nous signalerons encore, à propos de ce procès-verbal, analysé par nous, trop longuement peut-être, un détail intéressant à connaître. Le 15 avril 1763, le commissaire Sirebeau reçut des mains d'un inspecteur de police une lettre ainsi conçue : « De par le Roi, Sa Majesté étant informée que parmi les papiers du feu sieur de La Poupelinière les ouvrages du feu sieur curé de Trépigny peuvent s'y trouver, Sa Majesté ordonne au sieur Sirebeau, commissaire au Châtelet, de faire perquisition dans les papiers imprimés ou manuscrits dudit feu sieur de La Poupelinière à mesure de la levée des scellés apposés sur iceux après son décès et au cas que les ouvrages dudit sieur curé de Trépigny s'y trouvent, l'intention de sa Majesté est que ledit sieur Sirebeau s'en saisisse et qu'il les remette au sieur de Sartine, Lieutenant-général de police, pour être par lui rendu compte à Sa Majesté desdits ouvrages.

» Fait à Versailles, le 15 avril 1763.

» Signé : Louis; et plus bas : Phélypeaux. »

Muni de cet ordre, Sirebeau fit une perquisition dans les papiers de La Poupelinière et y ayant découvert un manuscrit « formant deux volumes in-folio ayant pour titre : *Mémoire des pensées et sentiments de M...., prêtre curé d'Étrépigny* », il s'en saisit et le remit entre les mains du Lieutenant-général de police, par les soins duquel il fut vraisemblablement transporté à la Bastille, dépôt ordinaire des livres confisqués (1).

(1) Archives nationales, Y. 15653.

Cet ouvrage, dont Voltaire venait de publier un *Extrait* au mois de mars de l'année précédente, a pour auteur Jean Meslier, curé d'Étrépigny, village situé près de Mézières, dans les Ardennes, et renferme, comme on sait, de violentes attaques contre la religion.

La Poupelinière ne le possédait qu'à titre de rareté. A la mort de Meslier, en 1733, on trouva, écrites de sa main, trois copies de ses *Sentiments ;* l'une fut portée au garde des sceaux, la seconde au greffe de la justice de Sainte-Menehould et la troisième passa dans les mains d'un M. Le Bègue, grand vicaire de l'archevêché de Reims.

C'est probablement de l'une de ces trois copies qu'il est ici question, à moins pourtant qu'il ne s'agisse d'une des rares transcriptions qui en furent faites et que les curieux payaient jusqu'à huit louis d'or (1).

On doit à La Poupelinière plusieurs comédies restées inédites, qui furent représentées sur son théâtre particulier de Passy, et un certain nombre de romances ou chansons, dont quelques-unes, fort jolies du reste, *Petits oiseaux sous le feuillage*, *Charmante prairie* et *O ma tendre musette*, obtinrent un succès de vogue. Il a écrit en outre et fait paraître deux romans, *Daïra* et les *Tableaux des mœurs du temps dans les différents âges de la vie.*

(1) *Œuvres de Voltaire*, édit. Beuchot, XL, 388.

Daïra eut deux éditions ; la première parut en 1760 et ne fut tirée qu'à 25 exemplaires réservés probablement aux amis de l'auteur. La seconde édition est de l'année suivante et forme 2 volumes petit in-12 qu'on trouvait à Paris chez Bauche, libraire, quai des Augustins, à l'Image Sainte-Geneviève. Cet ouvrage, où l'on remarque un certain talent de composition, ne sort pas, dit M. Monselet, auquel nous empruntons tous ces détails, « par les aventures qui y sont racontées, du cadre ordinaire des romans musulmans (1) ».

Quant au second ouvrage de La Poupelinière, les *Tableaux des*

(1) *Les galanteries littéraires du XVIIIe siècle*, Paris, Michel-Lévy, 1862, p. 56.

mœurs du temps, il est autrement célèbre que le premier.

Il ne fut tiré qu'à trois exemplaires, dont deux sont aujourd'hui très probablement détruits. Celui qui subsiste encore est décrit dans un très curieux recueil de bibliographie (1) de la manière suivante : « *Tableaux des mœurs du temps dans les différents âges de la vie* (en dialogues), Amsterdam, sans date (Paris, vers 1760), in-4° avec 20 grandes miniatures de la plus grande fraîcheur attribuées à Carême ou à Chardin. Ces peintures représentent des sujets libres. » M. le marquis de Paulmy qui fut

(1) *Bibliographie des ouvrages relatifs à l'amour, aux femmes, au mariage;* Paris, Jules Gay, 1864, colonne 579.

au XVIIIe siècle l'un des possesseurs de cet exemplaire a écrit en tête de l'ouvrage une note ainsi conçue : « Ce livre a été imprimé à un seul exemplaire (1) dans la maison et sous les yeux de M. de La Poupelinière, fermier général connu par son opulence, son luxe et son goust pour les femmes. A sa mort il est passé dans les mains du duc de La Vallière et de là dans les miennes. Son grand mérite consiste dans le fini des miniatures sur vélin bien au-dessus de ce qu'on trouve ordinairement dans ces sortes de livres. C'est la propre figure de M. de La Poupelinière qui est représentée partout, et quant à la femme qui

(1) Erreur; il fut tiré à trois exemplaires; mais un seul était orné de miniatures.

joue le principal rôle, non seulement j'ignore son nom, mais si je le savois je ne le dirois pas. »

Dans les *Mémoires de Bachaumont*, on lit à la date du 15 juillet 1763 :

« Tout le monde sait que M. de La Poupelinière visoit à la célébrité d'auteur. On connaissoit de lui des comédies, des romans, des chansons, mais on a découvert depuis quelques jours un ouvrage de sa façon qui, quoique imprimé, n'avoit point paru. C'est un livre intitulé les *Mœurs du siècle* en dialogues. Il est dans le goût du *Portier des Chartreux*. Ce vieux paillard s'est délecté à faire cette œuvre licencieuse ; il n'y en a que trois exemplaires existants ; ils étaient sous les scellés, un d'eux est orné d'estampes en très grand nombre, elles sont relatives au sujet, faites exprès et gravées avec le plus grand soin. Il en est qui ont beaucoup de figures toutes très finies. Enfin, on estime cet ouvrage, tant pour sa rareté que pour le nombre et la perfection des tableaux, plus de 20,000 écus.

« Lorsqu'on fit cette découverte, Mlle de Vandy, une des héritières, fit un cri effroyable et dit qu'il falloit jeter au feu cette production diabolique. Le commissaire lui représenta qu'elle ne pouvoit disposer de cet ouvrage, qu'il falloit le concours des autres héritiers, qu'il estimoit très convenable de le remettre sous les scellés jusqu'à ce qu'on eût pris un parti; ce qui fut fait. Ce commissaire a rendu compte de cet événement à M. le Lieutenant de police qui l'a renvoyé à M. de Saint-Florentin. Le ministre a expédié un ordre du Roi qui lui enjoint de s'emparer de cet ouvrage pour sa majesté, ce qui a été fait (1). »

Les documents que nous avons analysés ou reproduits plus haut démontrent de la façon la plus péremptoire que les *Mémoires secrets* ont travesti les faits. Ce n'est pas à la découverte des *Tableaux des mœurs du temps* que Mlle de Vandy *fit un cri effroyable,* elle demanda seulement que des figures de cire immodestes, trouvées dans le cabinet de son frère, et que sa veuve

(1) *Mémoires secrets*, I, 285.

revendiquait, fussent brisées. Le Lieutenant civil, auquel il en fut référé, donna raison à ses scrupules, et les figures de cire furent détruites. Quant au livre réclamé par une lettre de cachet émanée du roi et que le commissaire Sirebeau dut remettre au Lieutenant général de police, ce n'étaient pas les *Tableaux des mœurs du temps*, mais bien le manuscrit en deux volumes in-folio des *Sentiments* du curé Meslier, dans lequel la religion était vivement attaquée.

Nous croyons donc pouvoir affirmer que les *Tableaux des mœurs du temps* ne furent jamais dans le cabinet du roi Louis XV, mais qu'ils passèrent directement, comme le dit du reste M. de Paulmy, après la mort de La Poupelinière, dans les mains du duc de La Vallière. Bien plus, nous avons presque la conviction que ce fut Mme de La Poupelinière elle-même qui le lui vendit à l'insu des autres héritiers, et pour appuyer notre opinion nous citerons le passage suivant, extrait du procès-verbal des scellés. « Et le samedi 14 mai 1763, ladite demoiselle de Vandy a dit qu'à la vacation du 28 février il s'est trouvé dans la garde-robe de la dame de La Poupelinière un carton, renfermant des papiers et titres personnels au sieur de la Poupelinière et à sa famille, composant dix liasses numérotées, depuis le numéro premier jusques et compris le numéro onze, le quatrième numéro et la quatrième cote s'étant trouvée en déficit par l'événement de l'examen qui fut fait alors dudit carton, elle prie le sieur Pecquet (1) de s'expliquer sur ce qu'est devenue la quatrième liasse ou cote qui s'est trouvée manquer dans ledit carton. »

Mis ainsi en demeure de s'expliquer, le sieur Pecquet répondit « que la surveille du décès de M. de La Poupelinière, lui étant dans son bureau, sur les sept à huit heures du soir, ayant devant lui le carton dont est question, la dame de La Poupelinière est entrée dans le bureau et ayant vu ce carton ouvert devant lui sieur Pecquet, lui de-

(1) Ce personnage avait été secrétaire et intendant de M. de La Poupelinière et assistait comme tel à l'apposition et à la levée des scellés.

manda ce que c'étoit que ces papiers; qu'elle en prit quelques-uns qu'elle lut et lui dit que ces papiers étoient intéressants et qu'elle désiroit les examiner à son aise; qu'à cet effet elle pria lui sieur Pecquet de descendre ledit carton dans sa chambre, ce qu'il fit. Que par rapport à la cote quatre qu'on dit manquer, ignore si elle étoit dans ledit carton ou si elle n'y étoit pas (1) ».

Peut-être nous trompons-nous, mais il nous semble bien probable que ce quatrième numéro et cette quatrième cote n'étaient pas autre chose que les *Tableaux des mœurs du temps*, et que Mme de La Poupe-

(1) Archives nationales, Y, 15,652.

linière les conserva par devers elle dans le but d'en tirer parti plus tard.

Quoi qu'il en soit de notre supposition, il est certain toutefois, comme on l'a vu plus haut, que l'ouvrage en question passa après la mort de La Poupelinière d'abord dans les mains du duc de La Vallière, puis ensuite dans celles du marquis de Paulmy.

Plus tard on trouve les *Tableaux des mœurs du temps* en Russie dans la bibliothèque d'un riche collectionneur.

En 1825 ce livre revint à Paris, fut possédé depuis par divers amateurs bien connus des bibliophiles et enfin acquis en 1862 par un étranger, alors domicilié dans notre capitale.

M. Charles Monselet a donné une analyse des *Tableaux des mœurs du temps* dans le journal l'*Artiste* du 16 septembre 1855, analyse qu'il a reproduite dans un volume intitulé les *Galanteries littéraires du dix-huitième siècle*. De plus, quelques extraits en ont été donnés par M. Gustave Brunet dans les *Fantaisies bibliographiques*, livre publié en 1863, et la même année il en a été fait une réimpression textuelle, tirée à 150 exemplaires.

Cette réimpression forme un volume in-12, divisé en deux parties : 1° de la page 1 à la page 285 se trouvent les dix-sept dialogues qui composent l'histoire de la jeunesse et du mariage de l'héroïne, Mlle Thérèse de Se.... ; 2° de la page 287 à la page 341 se déroule, sous le titre *Zairette*, un ennuyeux roman qui se passe dans un harem de l'Asie (1).

(1) *Bibliographie des ouvrages relatifs à l'amour*, etc., col. 579.

DEUXIÈME PARTIE

DOCUMENTS INÉDITS

I — 1746, 24 et 27 avril

MADAME DE LA POUPELINIÈRE PORTE PLAINTE CONTRE SON MARI QUI L'AVAIT FRAPPÉE ET INJURIÉE GROSSIÈREMENT.

L'an 1746, le dimanche 24 avril, une heure de relevée, au réquisitoire de Mme de La Pouplinière ci-après nommée, nous, Pierre Glou, commissaire au Chatelet de Paris, sommes transporté rue de Richelieu en une maison neuve à porte cochère occupée par M. de La Pouplinière, fermier général, où étant avons été conduit dans une chambre en entresol au-dessus du premier étage ayant vue sur la cour, à laquelle chambre nous sommes monté par un escalier dont la porte est sous l'entrée de la maison, laquelle chambre nous a été ouverte par une demoiselle et avons trouvé une dame dans son lit dont les rideaux sont de toile indienne, y ayant dans ladite chambre un seau de fayence rempli d'eau et de sang et un linge ensanglanté auprès; laquelle dame nous a dit s'appeler Thérèse Deshaies, demoiselle, épouse de messire Alexandre Le Riche de La Pouplinière, fermier général, demeurant en ladite maison avec son dit mari.

Laquelle nous a rendu plainte contre

son dit mari du fait arrivé la nuit du vendredi au jour d'hier samedi sur le minuit, qui est tel qu'il met le comble à tous les mauvais traitemens et outrages qu'elle a soufferts jusqu'à présent et qu'elle a dévorés dans l'espérance qu'elle raméneroit enfin ledit sieur de La Pouplinière et par la crainte d'un éclat, mais qu'il ne lui est pas possible de garder le silence puisqu'il s'agit de sa vie qui n'est pas en sûreté. Le vendredi dernier, 22 de ce mois, ladite dame ayant soupé à la maison avec ledit sieur son mari, il l'attaqua pendant le souper, en présence de la compagnie, par les injures et les termes les plus offensans qu'elle ne croit pas devoir et pouvoir rapporter; mais, à ces écarts et insultes qui sont familiers, quoique celui-ci fut plus fort que de coutume, ladite dame crut devoir opposer sa modération ordinaire. Après le souper, ledit sieur de La Pouplinière, causant avec M. Fontaine, son ami, dans sa chambre à coucher, ladite dame ne crut pas devoir se dispenser d'y entrer comme à son ordinaire pour lui souhaiter le bonsoir, de peur qu'il n'entrât dans une nouvelle colère; mais il la chassa avec brutalité et de nouvelles injures. Ladite dame s'étant retirée sans rien dire et étant accablée de douleurs dans son cabinet avec Mme la comtesse d'Igni, qui demeure même maison, ayant appelé sa femme de chambre et ses domestiques pour se retirer, ledit sieur de La Pouplinière vint et entra comme un furieux dans ledit cabinet; aussitôt, ladite dame d'Igni se retirant et la plaignante voulant gagner sa chambre, ledit sieur de La Pouplinière courut après elle et lui porta deux coups de poing au visage. La plaignante, qui se sauvoit, voulut fermer sur elle la porte qui sépare ledit cabinet d'avec une petite pièce qui communique à sa chambre, mais elle n'eut le tems que de pousser la porte et ledit sieur de La Pouplinière l'eut bientôt ouverte, la prit aux cheveux, la jeta par terre et lui donna des coups de pied dont il l'accabla, en sorte qu'elle aurait péri entre ses mains sans les personnes qui étoient présentes et qui survinrent aux cris et bruit et qui la ramassèrent expirante. Qu'étant hors d'état de sortir de longtems par sa maladie, causée par lesdits maltraitemens, ni même de se faire transporter dans la maison, elle a été obligée d'envoyer dès le matin quérir le sieur Vernage, médecin, qui lui a trouvé des bosses et contusions à la tête et partout le corps et notamment au front et aux environs des yeux. Qu'il l'a fait saigner trois fois dont une du bras et deux du pied à cause des coups que la plaignante a reçus à la tête. Que depuis qu'elle est en cet état, ledit sieur de La Pouplinière n'a pas envoyé savoir comme elle se portoit et a même dit à plusieurs personnes qu'il étoit fâché de ne pas l'avoir tuée, qu'elle ne périroit jamais que de sa main. Par toutes ces raisons, la dame plaignante est à chaque instant dans la juste crainte d'essuyer de nouveaux excès et violences de son dit mari, pour quoi se réserve de poursuivre sa séparation de corps et a requis notre transport pour nous rendre la présente plainte. (Signé): T. Deshayes de La Pouplinière, Glou.

❧

Et le mercredi 27 avril audit an 1746, sept heures environ du soir, nous, commissaire susdit, au réquisitoire de ladite dame de La Pouplinière susnommée, sommes transporté susdite rue de Richelieu en la maison de ladite dame et où elle demeure ainsi que son dit mari, comme il est ci-devant dit, où étant avons été conduit dans une grande chambre à coucher ornée de glaces sur la cheminée et entre les croisées, ayant vue sur la cour de ladite maison, où il y a des portes à deux battants qui paroissent communiquer à d'autres chambres que l'on nous a dit faire partie du premier appartement sur le derrière, en laquelle chambre nous avons été introduit par une demoiselle avec laquelle nous y sommes monté par le même petit escalier désigné en la plainte ci-dessus et y avons trouvé ladite dame, épouse dudit sieur de La Pouplinière, fermier général, couchée dans un grand lit, ayant un bandeau au front : laquelle nous a déclaré que depuis la plainte qu'elle nous a rendue contre son dit mari, l'état de sa maladie, causée par les mauvais traitemens de son dit mari, subsistant, elle a requis notre transport pour nous rendre, comme elle fait, de nouveau plainte contre son dit mari de ce qu'il tient les mêmes discours injurieux, méprisans et offensans, et ne cesse de la menacer et notamment a dit publiquement et à des personnes de la plus grande considération qu'il traiteroit la plaignante avec la plus grande ignominie et que si, après qu'elle seroit guérie, elle étoit assez osée de se représenter pour se mettre à sa table et que ses gens missent son couvert, il jetteroit son couvert et la chasseroit de table devant tout le monde.

Qu'il a accompagné une injure aussi atroce de plusieurs autres de la même espèce et dans des termes les plus offensans qu'elle se réserve de nous déclarer avec tout ce qu'elle a eu le malheur d'essuyer depuis son mariage d'insultes et de mauvais traitemens et de réconciliations faites par la médiation de différentes personnes, ne pouvant le faire quant à présent par son état de foiblesse et le danger dans lequel elle nous a dit être vû la violence de son dit mari s'il savoit que nous commissaire sommes dans sa maison. Toutes ces raisons et motifs ne lui permettant pas d'entrer quant à present dans un plus grand détail, se réservant lorsqu'elle sera en lieu de liberté et de sûreté de rendre compte de tous lesdits faits. (Signé) : T. Deshayes de La Pouplinière, Glou. (Archives nationales, Y, 15,616.)

II — 1748, 28 nov. et 3 déc.

LA POUPELINIÈRE FAIT CONSTATER PAR UN COMMISSAIRE QUE LE MUR DE LA MAISON VOISINE DE LA SIENNE A ÉTÉ DÉFONCÉ A L'ENDROIT DE LA CHEMINÉE D'UN CABINET DÉPENDANT DE L'APPARTEMENT DE SA FEMME ET QUE L'OUVERTURE EN EST CACHÉE PAR UNE PLAQUE TOURNANTE. QUELQUES JOURS APRÈS IL FAIT EN PRÉSENCE DU MÊME COMMISSAIRE RÉTABLIR LE MUR DÉMOLI.

L'an 1748, le jeudi 28 novembre, environ les deux heures de relevée, nous Charles-Élisabeth de Lavergée, commissaire au Châtelet, ayant été requis, sommes transporté rue de Richelieu, paroisse Saint-Roch, en une maison à porte cochère, au second étage de laquelle étant monté et entré dans un appartement, s'est présenté à nous messire Alexandre-Jean-Joseph Le Riche de La Pouplinière, l'un des fermiers généraux de Sa Majesté, demeurant en la maison où nous sommes, à lui appartenant : lequel nous a dit avoir requis notre transport à l'effet de nous rendre plainte contre le sieur Berger, occupant la maison voisine, et nous a dit qu'ayant eu des avis secrets qu'il y a une communication secrète de la maison dudit sieur Berger à la sienne par une porte de fer posée et servant de plaque de cheminée dans le cabinet de la dame son épouse, audit second étage, où nous sommes; que sur ces avis, il a envoyé chercher des ouvriers et des témoins pour sonder ladite cheminée; que Pierre Lefort, compagnon maçon, demeurant rue Sainte-Anne, et le nommé Étienne Luneau, dit Berri, compagnon serrurier, chez le sieur

Mazurier, maître serrurier, rue Sainte-Anne, butte Saint-Roch, ont examiné ladite cheminée en présence de M. le comte d'Igni, maître d'hôtel du roi, du sieur Frémin, secrétaire dudit sieur de La Pouplinière, et de maître Cartier, notaire, et des domestiques de la maison, lesquels Lefort et Luneau, ayant descellé la plaque de fonte au jambage droit de la cheminée dudit cabinet, ont aperçu un petit jour entre ledit jambage et une porte de fer qu'ils ont poussée; et, y ayant résistance, ont abattu l'extrémité dudit jambage au milieu du plâtre, et ont aperçu qu'il y avoit un piton, et, au derrière de ladite porte, une clavette qui entre dans ledit piton et ferme et ouvre ladite porte de fer du seul côté dudit sieur Berger, laquelle clavette est de trois pouces et demi, et nous a été remise par ledit Lefort; que ladite porte s'ouvre par le moyen d'un pivot et d'une crapaudine qui le tient : Pour poser laquelle porte, nous observent lesdits Lefort et Luneau, qu'on a coupé le gros mur dans toute son épaisseur, lequel est ragréé des deux côtés et plafonné en plâtre neuf et frais. Laquelle dite porte de fer nous avons vue ouverte, et le bas, formant une espèce de plancher, est garni en planches. Ladite porte de fer de trois pieds et demi de haut et de trois pieds sept pouces de large. Et avons aussi aperçu une porte de bois garnie d'équerres qui s'est ouverte, laquelle porte de bois donne positivement sur la tablette de cheminée de la chambre qui donne au droit dudit cabinet; par laquelle porte ouverte nous avons aperçu dans ladite chambre de la maison dudit Berger, une porte de bois peinte en blanc que l'on a vue ouverte, mais que nous avons vue fermée, une tenture de tapisserie verte, un fauteuil de canne. Nous observent lesdits Lefort et Luneau qu'ils ont aperçu un ciseau de menuisier dans un manche de bois qui n'a plus paru, quoiqu'il fut posé sur la tablette de la cheminée de la chambre de la maison dudit Berger. Pourquoi, attendu ce que dessus, ledit sieur de La Pouplinière, qui ne peut présumer autre chose, sinon que l'on veut attenter à sa vie ou de la dame son épouse et autres personnes de chez lui et à leurs biens, a été conseillé de requérir notre transport à l'effet de nous rendre la présente plainte de laquelle il nous requiert acte, ainsi que des observations faites par lesdits Lefort et Luneau. (Signé) : Le Riche de La Pouplinière; Lefort; Luneau; Delavergée.

Et le mardi 3 décembre audit an 1748, dix heures du matin, nous commissaire susdit ayant été requis, sommes transporté susdite rue de Richelieu, paroisse Saint-Roch, en la maison dudit sieur Le Riche de La Pouplinière, en laquelle étant entré et monté au second étage dans le cabinet désigné par la plainte et procès-verbal ci-dessus, s'est présenté à nous ledit sieur Le Riche de La Pouplinière, et, au même instant, avons aperçu par l'ouverture de la cheminée dudit cabinet, dans la chambre de la maison voisine, deux personnes à nous inconnues, l'une desquelles nous a dit se nommer André-Dominique-Martin de Moncelot, ancien capitaine au régiment du Piémont, demeurant à Paris, rue Neuve-des-Petits-Champs, paroisse Saint-Roch, et l'autre se nommer Jean-Charles Quéau, maître maçon, demeurant rue Neuve-des-Petits-Champs, paroisse Saint-Roch; ledit sieur de Moncelot ayant charge, ainsi qu'il l'a dit, et se faisant fort de dame Duvivier, veuve du sieur Jacques Tarade, ancien gentilhomme ordinaire du Roi, tutrice des enfants mineurs d'elle et dudit défunt, lesdits mineurs propriétaires de la maison voisine où sont actuellement lesdits sieurs Moncelot et Queau. Et ledit sieur de La Pouplinière ayant mandé le sieur Pierre-Denis Mincier, maître maçon, demeurant Grande-Rue-du-Bac, paroisse Saint-Sulpice, ledit Mincier est comparu devant nous dans ledit cabinet, lesdits sieurs de La Pouplinière et Moncelot esdits noms sont convenus que l'ouverture du gros mur énoncé en notre procès-verbal, des autres parts, sera rebouchée par lesdits Queau et Mincier pour la sûreté commune des propriétaires; à l'effet de quoi ils ont à l'instant mis des ouvriers de part et d'autre, en notre présence, et la plaque ou porte de fer, décrite dans notre dit procès-verbal, ayant été descellée et déposée, ainsi que la porte de bois garnie d'équerres, le tout mentionné en notre dit procès-verbal, ladite porte de bois, après avoir été déposée, nous ayant été représentée par les ouvriers étant du côté de la maison des mineurs Tarade, nous avons aperçu que ladite porte de bois était couverte, du côté de la chambre de la maison desdits mineurs Tarade, d'un trumeau, de deux glaces qui faisoit le dessus de la tablette de ladite chambre. Lesquelles portes de fer et de bois, qui fermoient ladite ouverture, et lesdites glaces qui couvroient ladite porte de bois du côté de la maison desdits mineurs, ayant été ainsi déposées, sont restées dans ladite chambre et en possession dudit sieur Moncelot, ès dits noms, qui s'en est chargé du consentement dudit sieur de la Pouplinière. Ce fait, lesdits ouvriers ont continué les opérations nécessaires de part et d'autre pour la fermeture de l'ouverture du gros mur en question. (Signé) : Martin de Moncelot; Quéau; Mincier; Le Riche de La Pouplinière; Delavergée. (Archives nationales, Y, 13753.)

III — 1748, 28 nov. et 21 déc.

MADAME DE LA POUPELINIÈRE PORTE A DEUX REPRISES PLAINTE CONTRE SON MARI QUI LA CALOMNIE, L'EXPULSE DE SA MAISON ET LA LAISSE DANS UN DÉNUEMENT ABSOLU.

L'an 1748, le jeudi 28 novembre, entre dix et onze heures du soir, pardevant nous Pierre Glou, commissaire au Châtelet, est comparu dame Thérèse Deshayes, demoiselle, épouse de messire Alexandre Le Riche de La Pouplinière, fermier général, demeurant avec ledit sieur son époux rue de Richelieu : laquelle, en ajoutant aux plaintes qu'elle a rendues devant nous contre ledit sieur son mari les 24 et 27 avril 1746, nous a de nouveau rendu plainte contre ledit sieur son mari des excès, outrages, duretés et calomnies qu'il a continuellement contre elle proférées, et n'y pouvant plus tenir elle se trouve obligée de se retirer chez madame sa mère, comme il sera ci-après expliqué; et nous a dit que ledit sieur son mari et elle ayant été invités par monseigneur le maréchal de Saxe d'aller voir la revue de son régiment, ayant même envoyé un de ses carrosses pour les prendre, ladite dame a demandé audit sieur son mari s'il vouloit partir, il lui a dit que non et qu'il ne vouloit point sortir par rapport à un point qu'il lui a dit avoir sous l'épaule. Que sur ce refus, ladite dame plaignante, accompagnée de madame la comtesse d'Igni, est montée dans le carrosse dudit seigneur maréchal de Saxe et a été conduite à ladite revue d'où ladite dame est revenue ce dit jour sur les six heures ou environ du soir dans le même carrosse et étoit précédée par ledit seigneur maréchal dans le sien qui venoit voir ledit sieur de La Pouplinière à la porte duquel lesdits deux carrosses étant arrêtés, le portier a dit audit seigneur maréchal de Saxe qu'il n'y avoit personne et sur ce que ledit seigneur maréchal a répliqué audit portier : « Voilà madame de La Pouplinière; » ledit portier a fait réponse qu'elle n'entreroit pas en disant qu'il avoit des ordres exprès de son maître de lui refuser la porte, à laquelle ladite dame plaignante s'est néanmoins présentée et y a trouvé M. le marquis de Sourdis en présence duquel l'entrée de ladite porte lui a été refusée par ledit portier; nonobstant quoi elle est entrée dans la cour de ladite maison et alors ledit portier lui a dit qu'elle alloit le perdre et que ledit sieur de La Pouplinière le tueroit par la violence et la colère où il étoit et que elle-même ne seroit pas en sûreté de sa vie, ce qui a engagé ledit sieur marquis de Sourdis de la mener chez mondit sieur le maréchal de Saxe qui, croyant que ladite dame étoit entrée chez elle, s'en étoit allé. Ledit seigneur maréchal a été fort surpris de la voir et encore plus du récit qu'elle lui a fait du discours qui lui a été tenu par le portier dudit sieur son mari chez lequel ledit seigneur maréchal de Saxe a eu la complaisance de la reconduire. Et étant entrés tous deux dans l'appartement dudit sieur son époux, il s'est répandu en injures les plus atroces et les plus diffamantes, l'a traitée de bougresse, putain et autres termes les plus outrageans sans respecter la personne dudit seigneur maréchal et en présence de tous ses gens, ce qui a obligé ladite dame plaignante de se sauver dans son appartement pour éviter les maltraitemens et voies de fait que ledit sieur son mari étoit prêt d'exercer contre elle, où elle a trouvé toutes les portes enfoncées et a remarqué qu'on avoit commencé à démeubler son dit appartement et percé un gros mur dans son cabinet, qui étoit plein de plâtre, moëllons et démolitions dont elle a été fort étonnée.

Et sur ce qu'elle comptoit rester dans son dit appartement et y coucher, plusieurs personnes affidées audit sieur son mari et ses amis avec lesquels il vit dans une parfaite intimité, sont venues de la part dudit sieur de La Pouplinière dire à ladite dame plaignante de s'en aller et qu'il y avoit du risque pour sa vie si elle restoit, tant ledit sieur son mari étoit en fureur et qu'il avoit même disposé de l'appartement de ladite dame pour y loger une autre personne. Que ladite dame plaignante, excédée et outrée de toutes les indignités qu'elle essuyoit tant de la part de son dit mari que des personnes à lui affidées dont elle vient de parler, s'est trouvée mal et a demandé un bouillon qu'on a eu l'inhumanité de lui refuser par les ordres exprès dudit sieur son mari, ainsi qu'il lui a été dit en réponse à sa demande. Que, dans ces circonstances et n'ayant d'autre parti à prendre que celui de se retirer chez la dame sa mère et ensuite a été conseillée de se transporter pardevant nous pour nous rendre plainte. (Signé): Deshayes de la Pouplinière; Glou.

Et le samedi 21 décembre audit an 1748, de relevée, pardevant nous conseiller et commissaire susdit est comparue ladite dame épouse dudit sieur Le Riche de La Pouplinière, nommée en la plainte ci-dessus et des autres parts, demeurant à présent chez madame sa mère en une maison sise en cette ville sur la chaussée d'Antin où elle s'est retirée : Laquelle en ajoutant tant à ladite plainte qu'aux autres précédentes qu'elles a rendues contre ledit sieur son époux, nous a de nouveau rendu plainte contre lui et dit que, depuis leur mariage fait en 1737, il n'est pas d'insultes, de violences, et de cruautés qu'elle n'ait essuyées de la part dudit sieur son mari qui est d'un caractère vain et emporté.

Qu'en l'année 1746, ladite dame plaignante, qui avoit jusque-là dévoré ses chagrins dans la crainte d'un éclat, succombant enfin sous le poids de ses malheurs, des sévices et des mauvais traitements dudit sieur son mari qui l'auroient mise en danger de perdre la vie, nous rendit plainte le 24 avril de ladite année 1746 des faits de sévices particuliers qu'elle venoit d'essuyer.

L'état déplorable et contraint dans lequel elle se trouvoit dans la maison de son dit mari ne lui permit pas alors d'entrer dans le détail, n'étant pas libre, craignante, vû la violence et l'emportement de son dit mari, que s'il étoit instruit de ses démarches il ne lui arrivât accident, raison pour laquelle elle crut devoir se réserver, comme elle fit par une seconde plainte du 27 du même mois d'avril, le détail des circonstances plus particulières.

Depuis cette plainte et pendant le tems de la convalescence de ladite dame plaignante, des personnes de considération ayant bien voulu s'entremettre pour réconcilier ladite dame plaignante et ledit sieur son mari, ladite dame plaignante céda à leurs sollicitations et aux promesses de son dit mari, au moyen de quoi elle auroit cru manquer à ses engagements si elle avoit fait usage de la réserve portée en la plainte du 27 avril 1746; le sieur de La Pouplinière de son côté eut bientôt oublié ses nouveaux engagements et promesses.

La plaignante, dans la crainte d'un nouvel éclat, dévora encore dans le silence et dans les larmes les nouveaux mauvais traitements qu'elle éprouva; mais enfin l'éclat que ledit sieur son mari vient de faire, le scandale public avec lequel il l'a expulsée de sa maison de la façon la plus insultante, dont elle nous a rendu plainte le 28 novembre dernier, ne lui permettent plus de dissimuler.

La plaignante, mariée en l'année 1737, comme elle nous l'a déjà observé, a essuyé, dans tous les tems, les horreurs et les mépris les plus cruels; les termes les plus outrageans ont toujours été le langage de son mari. Dans ses accès de fureur qui sont très fréquents, il a maltraité la plaignante et l'a excédée de coups tant avant la scène cruelle dont elle nous a rendu plainte en l'année 1746 que depuis la réconciliation qui a suivi.

Pendant l'hiver de l'année 1746, le sieur son mari l'a souvent tenue prisonnière dans sa maison, défendant à son portier de la laisser sortir et faisant ôter ses chevaux lorsqu'elle les avoit fait mettre à son carrosse.

Au mois d'avril de l'année 1747, ledit sieur son mari, après avoir acheté à vie la maison ou château de Passi des héritiers de M. le président de Rieux, sans en avoir fait part à ladite plaignante, la laissa dans son lit saignée du bras et du pied sans aucun secours, ayant emmené avec lui tous les domestiques et même le laquais de ladite dame plaignante à qui il ordonna de le suivre, défendant qu'on laissât, ni qu'on donnât aucun secours à ladite dame plaignante, de même qu'à la dame sa mère et à la dame comtesse d'Igni, sa parente, qui étoient restées dans la maison pour la soigner, et qu'on ne leur fournît rien pour vivre.

Les ordres dudit sieur de La Poupli-nière furent exécutés avec tant d'inhumanité et de barbarie que la plaignante ayant eu des crises et des sueurs dans ses accès de fièvre, on fut obligé d'emprunter dans le voisinage des draps pour la changer et du bouillon. Pendant tout le tems de la maladie de la plaignante ledit sieur son mari n'a envoyé chercher ni n'est venu savoir des nouvelles de son état.

Dans d'autres occasions où elle étoit malade, au lieu de prendre part à sa maladie, il choisissoit ce temps pour l'accabler d'injures qui faisoient pleurer et gémir ladite dame plaignante, en sorte qu'on la voyoit et qu'on l'entendoit fondante en larmes. Il l'a prise plusieurs fois dans ses accès de fureur par les cheveux dont il lui en a arraché beaucoup et l'a traînée sur le plancher, au point que si l'on n'étoit accouru au secours et si on ne l'eût pas arrachée à sa fureur elle auroit succombé sous ses coups.

La plaignante a résisté à tant de cruautés et s'est réconciliée avec ledit sieur de La Pouplinière qui demandoit excuse et faisoit de nouveaux sermens; mais enfin la scène que ledit sieur de La Pouplinière vient de donner au public, les extravagances éclatantes qu'il a faites, l'expulsion publique de la plaignante de sa maison, les injures atroces dont il l'a accablée et qu'il ne cesse de débiter la forcent de rompre le silence.

L'occasion de cette scène cruelle est ou une œuvre ancienne ou une œuvre pratiquée par les amis ou parents dudit sieur de La Pouplinière qui ont occupé l'appartement dans lequel a été faite cette prétendue ouverture et communication dans la maison voisine, ou une œuvre dudit sieur de La Pouplinière lorsqu'il occupoit cet appartement en l'année 1746, pendant qu'il faisoit coucher la plaignante dans une soupente, ou enfin c'est un ouvrage préparé avec la préméditation la plus noire et la plus atroce, car la manière dont le sieur de La Pouplinière s'est conduit dans cette occurrence annonce la supposition et la calomnie ; en effet il a pris le moment de l'absence de ladite dame plaignante pour faire l'éclat afin d'être plus en état d'en imposer sur sa prétendue découverte. Il n'a appelé que des personnes à lui dévouées, ses complaisans et gens sans caractère pour faire cette prétendue découverte.

S'il a fait venir un de nos confrères, ce n'a été que quand tout a été disposé et qu'on ne pouvoit plus rien connoître à l'ouvrage.

Comme le tout ayant été défait hors de la présence de notre confrère, on a cru ne devoir rien conserver des prétendus vestiges de cette prétendue œuvre pour ne pouvoir pas être convaincu d'imposture, quoique les monumens de ce prétendu percement de mur eussent cependant été bien importans pour connoître l'âge et la qualité de ce travail avant sa démolition, l'endroit par où l'ouverture prétendue avoit été pratiquée, le tems dans lequel elle l'avoit été, comment et par où elle s'ouvroit.

Enfin, dans le tems que ledit sieur de La Pouplinière répandoit des bruits si atroces et diffamans contre la plaignante et qu'il la traitoit avec la dernière des indignités en l'expulsant honteusement de sa maison et en la laissant manquer de tout, il affectoit par une contrariété inouïe dans sa plainte de la rendre, disoit-il, tant pour elle que pour lui, comme si on avoit voulu les égorger et voler par le percement en question; procédure qu'il a abandonnée sur le champ parce qu'il savoit bien qu'elle n'avoit pas d'objet véritable et que tout le fruit qu'il s'étoit promis de son travail et de son éclat étoit une diffamation cruelle.

La plaignante, expulsée par voies de fait de la maison dudit sieur son mari dans un état de maladie et d'infirmités où elle étoit depuis longtems, accablée par de nouveaux malheurs, s'est trouvée plus dangereusement malade comme elle l'est encore actuellement, et a été obligée d'appeler les médecins et les chirurgiens les plus habiles qui ont bien voulu la secourir, et elle s'est trouvée, comme elle l'est encore actuellement, dépourvue de tous secours et des choses les plus nécessaires pour sa subsistance et l'usage de sa personne qu'elle a inutilement demandés et fait demander audit sieur son mari par des personnes tierces et par sa femme de chambre; son dit mari a refusé avec dureté les secours les plus indispensables.

La plaignante a été obligée d'emprunter jusqu'à un lit après avoir pendant plusieurs jours couché sur des matelas placés sur le plancher.

La plaignante a aussi appris que son dit mari a fait enfoncer ses armoires et ses garde-robes, tant à Paris qu'à la campagne, et qu'il s'est aussi emparé de ce qu'elles pouvoient contenir à son usage.

Dans ces circonstances, ladite dame plaignante, destituée et privée de tout, n'a d'autre ressource que de s'adresser à la justice pour avoir raison des outrages, sévices, calomnies et mauvais traitemens à elle faits par son dit mari dont elle est actuellement malade, et a requis notre transport en la maison de madame sa mère sise en cette ville, sur la chaussée d'Antin, pour nous rendre la présente plainte. (Signé) : Deshayes de La Pouplinière; Glou. (Archives nationales, Y, 15623.)

TABLE

TABLE

IMPRIMÉ

PAR

CL. MOTTEROZ

A

PARIS

www.ingramcontent.com/pod-product-compliance
Lightning Source LLC
LaVergne TN
LVHW010609110826
845149LV00003B/839

* 9 7 8 2 3 2 9 2 9 5 0 0 8 *